Le Prince du Cœur de l'Or

Le Prince du Cœur de l'Or

ALDIVAN TORRES

Canary Of Joy

CONTENTS

1 1

Le Prince du Cœur de l'Or
Aldivan Torres
Le Prince du Cœur d'Or

Auteur : Aldivan Torres
© 2020- Aldivan Torres
Tous droits réservés.

Ce livre, y compris toutes ses parties, est protégé par le droit d'auteur et ne peut être reproduit sans l'autorisation de l'auteur, ni transféré.

Aldivan Torres, né au Brésil, est un écrivain consolidé dans divers genres. Jusqu'à présent, les titres ont été publiés dans des dizaines de langues. Depuis son âge, il a toujours été un amoureux de l'art de l'écriture, après avoir consolidé une carrière professionnelle à partir du deuxième semestre

2013. Votre mission est de conquérir le cœur de chacun de vos lecteurs. En plus de la littérature, ses principaux amusements sont la musique, les voyages, les amis, la famille et le plaisir de la vie elle-même. « Pour la littérature, l'égalité, la fraternité, la justice, la dignité et l'honneur de l'être humain toujours » est votre devise.

Le prince du cœur de l'or

Prince Zaci

Qu'est-ce qui se passe, Taú ? Où sommes-nous ?

Taú

Nous avons été kidnappés et arrêtés, Zaci. Mauvaise chance est venue pour nous.

Zaci

Que va-t-il se passer maintenant ? Où allons-nous ?

Taú

On dirait qu'ils nous emmènent sur le nouveau continent.

Zaci

Mon Dieu. Je n'aime pas ça du tout. Je ne voulais pas quitter mon pays. En outre, j'ai un royaume à régner et une femme à aimer Que deviendra mon peuple au Soudan du Sud ?

Taú.

Je ne voulais pas partir non plus. Mais être avec toi dans cette situation me donne de la force Nous allons nous unir et essayer de survivre à ce chaos.

Zaci.

C'est vrai Merci pour le soutien. Je ne sais pas ce que je ferais sans toi. Mon meilleur ami depuis l'enfance.

Taú.

Pas besoin de me remercier J'ai aussi besoin de votre soutien. J'espère qu'il nous protégera.

Zaci.

Laisse-le t'entendre

Capitaine

Coupez le bavardage et allez travailler, les nègres. Lavez le vaisseau.

Taú

Nous serons là, monsieur.

Laver le vaisseau.

Femme

Mon Dieu. Comme c'est cruel de ta part ! Ce travail est très dur.

Zaci.

Ne vous inquiétez pas, madame Nous allons bien. Quel est votre nom ?

Femme.

Sabrina et toi ?

Zaci

Zaci. Ravi de vous rencontrer.

Taú

Je m'appelle Taú. Nous sommes habitués à travailler dur. Nous résisterons parce que notre volonté de liberté est plus grande que tout.

Femme.

Mais c'est injuste. Dieu a créé des hommes libres Tout le monde, quelle que soit la race, mérite d'être respecté.

Zaci

C'est un monde d'illusion. Les intérêts financiers viennent d'abord. Mais je suis conscient que pour Dieu nous sommes égaux.

Taú

Nous ne pouvons que demander la force pour résister à toute adversité Nous sommes des guerriers, et nous ne renoncerons pas facilement.

Femme.

Très intéressant. Je voulais savoir votre histoire. Pouvez-vous me le dire ?

Zaci

Je suis roi au Soudan du Sud. J'ai vécu dans un palais entouré de serviteurs avec ma femme. Les étrangers ont envahi notre territoire, violé et tué ma femme. Puis ils nous ont kidnappés. C'est pourquoi nous sommes là.

Taú

Je suis un assistant au roi et son meilleur ami d'enfance. Ensemble, nous étions heureux en Afrique. Le destin nous a tout pris. Maintenant, nous devons nous battre.

Femme

Alors, combattez-vous. Tu peux compter sur moi pour ce que tu as besoin.

Zaci.

Merci beaucoup, madame. Maintenant, partez avant qu'ils nous trouvent ici.

Femme.

D'accord. Bon travail.

La soirée.

Capitaine.

Danse pour nous, négro Nous voulons nous réjouir.

La danse noire.

Capitaine.

Je n'ai pas aimé la danse. Vous n'avez pas eu envie Tu seras puni.

Scènes de noirs battant la torture.

Après.

Zaci.

Où sommes-nous ?

Taú

Je suis content que tu t'es réveillé. Nous avons souffert des heures sous-marines à ces salauds. Ils nous ont battus jusqu'à ce qu'on soit froids.

Zaci

Merde ! Salauds ! Quelle haine envers eux.

Taú

Calme. Nous n'avons rien à gagner par cet affront. Nous allons juste devoir y passer. Quand nous arrivons sur le nouveau continent, nous pouvons penser à un itinéraire d'évasion.

Zaci

Si on survit, non ? La façon dont les choses vont se passer, ça va être très compliqué.

Taú

Tout est possible pour ceux qui croient en Dieu.

Sabrina.

Je suis venu, mes amours, et j'ai apporté de la nourriture. Tu dois rester fort.

Zaci.

Merci, Sabrina, merci. On en avait vraiment besoin.

Sabrina

Ce n'était pas important. J'ai promis que je t'aiderais. J'adore participer à de bonnes causes.

Taú.

Pourtant, nous sommes très reconnaissants Vous êtes un ange dans nos vies.

Sabrina.

Considère-moi un serviteur de Dieu C'est une longue route. Je serai avec toi en tout temps.

Zaci.

Que Dieu vous bénisse

Dans la nouvelle terre.

Capitaine.

Nous sommes arrivés à Mimoso. C'est la fin

pour vous nègres Je t'ai vendu à un fermier. Vous serez ses esclaves.

Zaci.

Quelle chute pour quelqu'un qui était un roi autrefois ! Mais c'est comme ça que ça devrait être Vous paierez encore pour ça, capitaine !

Capitaine.

Vous n'êtes pas en position de menacer ! Soyez heureux d'être en vie. J'aurais pu faire quelque chose de pire.

Taú.

Mais vous ne l'avez pas fait pour éviter les blessures Nous sommes juste des produits pour vous. Maintenant que nous sommes des êtres humains avec des valeurs. C'est quelque chose que vous ne comprendrez jamais.

Capitaine

Ça suffit ! Le fermier est déjà en route ! Dieu merci, je suis débarrassé de toi une fois pour toutes.

BIG House.

Aluízio

Fille, des noirs viennent d'arriver de la capitale. Ils vont travailler la ferme. Tu veux venir avec moi pour les voir ?

Catherine.

Bien sûr, mon père. J'ai besoin de nouveaux esclaves dans la grande maison. Je choisirai personnellement.

Dans le corral

Catherine

Ils sont magnifiques, Père. Voulez-vous me donner un vœu ?

Aluízio

Comme tu veux, ma fille.

Catherine

Je veux qu'ils travaillent pour moi dans mon enceinte personnelle. Je rate une présence masculine autour de moi.

Aluízio

D'accord, ma fille. Ils sont à votre disposition.

Catherine

Très bien, les Noirs. Quels sont leurs noms ?

Zaci

Je m'appelle Zaci Je suis à votre service, mademoiselle.

Tau.

Je m'appelle Taú. Je suis heureux de vous servir

Rien de mal ne t'arrivera. Tu peux nous faire confiance.

Catherine.

Je vous aime bien. Je t'ai sauvé le travail Tout ce que vous avez à faire c'est de garder le travail à domicile parce que je ne suis pas doué.

Taú.

Je suis un excellent cuisinier et Zaci est un excellent combattant Vous ne pouviez pas être entre de meilleures mains.

Catherine.

J'aime vraiment cette information J'espère que vous serez heureux ici En outre, je sais que c'est dur d'être esclave dans un pays lointain, mais c'est comme ça que la loi fonctionne Je compatis avec la cause esclave.

Zaci.

Tu as l'air d'une excellente personne Je vous ai aimé.

Taú

Je l'aimais aussi. Très poli, intelligent et gentil. Un peu humble pour un propriétaire foncier.

Catherine.

Merci, tous les deux. Je suis une femme évoluée Je pense que nous allons nous entendre très bien.

Le Prince du Cœur de l'Or 2.

Dans la chambre de la dame

Catherine

Vous êtes ici depuis des jours et je ne sais rien de vous J'aimerais en savoir plus sur votre histoire. Pouvez-vous me le dire ?

Zaci

J'étais roi au Soudan du Sud. J'ai vécu une vie pompeuse et joyeuse En outre, j'ai été servi par des millions, et mon gouvernement les a bien dirigés tout. Ils étaient mémorables et vertueux, jusqu'à ce que le pire se produise. On nous a volés et kidnappés Ils nous ont amenés ici.

Taú.

J'étais son aide J'ai participé au gouvernement avec plusieurs projets. Nous étions respectés et heureux. Nous n'avons rien aujourd'hui.

Catherine

Ne parlez pas comme ça. Ça me cause une tristesse. Je pense que l'esclavage est complètement injuste. C'est pourquoi je voulais les protéger. Plus que des serviteurs, vous serez mes amis et confiants.

Rien ne manquera pour toi. Je pense que la liberté n'est pas si loin. Il existe plusieurs mouvements sociaux pour défendre la liberté des noirs dans le pays. La société a progressivement évolué et les injustices seront corrigées.

Zaci

J'espère, mademoiselle. Après tous ces faits tristes, tu étais une bonne chose qui nous est arrivée. C'est ce qui nous donne l'espoir d'un avenir meilleur et plus juste. Tu ressembles à ma femme. J'étais content de ma femme en Afrique. On a eu beaucoup de bons moments On voyageait et on travaillait ensemble. En outre, nous étions totalement connectés. La laisser m'a apporté beaucoup de tristesse. Je ne suis pas encore au-dessus de ce traumatisme. C'était plus de dix ans de coexistence durable. En tout cas, vous nous aidez à nous sentir mieux.

Taú.

J'avais aussi une femme et des enfants. Ça nous amène une grande tristesse. Votre présence et votre soutien sont immédiatement importantes Nous avons besoin de beaucoup de force pour affronter notre destin. Beaucoup de nos frères sont morts.

Ils sont morts dans les quartiers esclaves, humiliés et torturés. C'est des décennies d'humiliation et de mépris de l'homme blanc. Il n'est pas juste de travailler pour enrichir d'autres. En outre, il n'est pas juste de vivre dans les rêves des autres Nous avons notre individualité et nos rêves. Nous exigeons nos droits en tant qu'être humain. En outre, nous exigeons notre liberté et notre individualité. Sans elle, nous ne serons jamais heureux.

Catherine.

Je comprends. Tu peux compter sur moi. Je suis à votre disposition. Nous sommes amis depuis. Nous serons complices dans le travail et dans la vie De plus, nous serons une équipe qui cherche le bonheur, la liberté et l'accomplissement. J'ai beaucoup de foi dans le futur. J'espère que notre travail ensemble portera des fruits. N'abandonnons pas sur la réalisation de nos rêves. Bien que les obstacles soient gigantesques, nous pouvons les affronter avec grand courage, de force et de foi. Je crois en notre potentiel et en résolvant des idées. On peut construire quelque chose de bénéfique ensemble. C'est ce que j'avais à dire. Je dois être seule. Va prendre soin des chevaux.

Zaci
D'accord, jeune fille.
Taú
Nous y allons. Reste avec Dieu.
Catherine
Je réfléchis un peu. Quelle douleur ces deux-là ont été traversées. Ils vivent des histoires entièrement différentes aujourd'hui. Je comprends leur inquiétude et leurs souffrances. Ils sont dans un pays étranger comme des esclaves. C'est quelque chose de très douloureux. Je serai leur protecteur. Rien de mal ne vous arrivera tous les deux. Je me sens bien dans leur compagnie. Ils ressemblent à deux princes pour moi. L'un d'eux a un cœur d'or Il est gentil, poli et serviable. Un homme génial qui traverse un mauvais moment Je dois vous aider à trouver le bonheur dans cette terre lointaine. C'est une mission que j'ai. Je n'ai aucun intérêt à cela Je veux vous voir heureux tous les deux. Contribuer à cela me fera plaisir. J'ai pensé à ma noble trajectoire. Je suis né dans une famille riche, mais j'ai toujours été attentif aux besoins des pauvres. Nous sommes des êtres humains égaux. Je suis la sœur des noirs,

des blancs, des Indiens ou toute minorité. Nous sommes des enfants du même Dieu.

Dine.

Aluízio.

Bonne nuit, mon enfant. Comment les employés travaillent-ils dans la ferme ?

Catherine.

Ils vont très bien J'ai guidé les esclaves et chacun est allé faire sa tâche. Avec ma coordination, les bénéfices ont augmenté. Nous vivons dans une période de calme financier Cela nous permet de faire des extravagances. Je veux de nouveaux vêtements et chaussures. Je veux de la bonne nourriture et des loisirs. Nous devons profiter des fruits de notre travail.

Aluízio.

Je suis d'accord. Mais nous devons aussi économiser un peu d'argent. C'est un moyen sûr d'éviter la crise. Il y a déjà beaucoup de rumeurs que l'esclavage sera bientôt terminé. Ça nous fait mal.

Catherine

Je ne pense pas que ce soit tout à fait mauvais, papa. Nous pouvons continuer avec les mêmes employés à des conditions plus équitables. Ce serait extrêmement bénéfique pour nos noirs. Nous sommes déjà riches et récompensons le travail serait génial. Dans les sociétés évoluées, il n'y a pas d'esclavage.

Aluízio

Vous êtes une fille géniale mais un mauvais visionnaire. Plus le profit est pour nous, mieux c'est. Je préfère les choses comme elles sont. C'est plus confortable pour nous.

Catherine.

Je ne suis pas d'accord, mais je respecte votre opinion. Je voulais un monde plus juste.

Aluízio.

Comment tes serviteurs te traitent ?

Catherine

Ok. J'ai découvert que l'un d'eux était roi en Afrique. Qui savait qu'un de nos esclaves était un roi. Ça ressemble à une histoire fantastique.

Aluízio.

C'est vraiment merveilleux Mais faites attention avec eux. Nous devons éviter un contact plus étroit. On a chacun notre place.

Catherine.

Je sais, papa. Mais ils me semblent assez paisibles. Ils me traitent très bien. Je ne suis pas en danger.

Aluízio.

Bien N'importe quoi, faites-moi savoir.

Prince du Cœur de l'or 3.

En retard dans la récolte.

Catherine.

Bonjour, mes amours. Je suis venu voir comment ils vont Je pense que ce travail doit être épuisant et fastidieux.

Taú.

Nous y sommes habitués, mademoiselle. Le travail digne l'homme. Je pense que notre contribution sera importante pour la croissance de l'économie du pays. En plus, même si nous sommes esclaves, c'est bon de se sentir utile.

Zaci.

Nous sommes très bien, jeune dame. Ce n'est pas un endroit approprié pour les gens de votre niveau. Tu devrais te reposer à la ferme Le soleil fort peut te blesser la peau.

Catherine.

Je m'ennuyais à la ferme. J'aime interagir, parler

et voir des gens. Tout pour moi est une question de réflexion, de planification et d'action.

Zaci

J'ai compris. Je vous compatis. Vous êtes aussi magnifique et charismatique.

Catherine.

J'apprécie votre bonté. C'est bon de se sentir beau. Un compliment d'un prince est critique pour moi. Chaque jour, je me sens plus heureux à côté de toi. Tu peux compter sur mon aide. Je serai votre protecteur.

Taú

Nous apprécions vraiment. Nous avons des raisons de rêver de meilleurs jours. En outre, nous continuerons à nous battre pour la cause esclave. Il y a beaucoup de mouvements dans le pays sur ce point.

Catherine

Vous avez mon soutien. J'ai juste besoin d'une loi pour les libérer. On a tout ça.

Zaci

Je suis d'accord. C'est comme si le dicton se passe, tout arrive au bon moment. Travaillez sur nos objectifs que la victoire viendra.

Dans l'étang

Zaci

C'était une bonne idée de venir ici après une longue journée de travail. Merci de l'opportunité, madame.

Taú

J'adore ces moments de loisirs. On a fait ça beaucoup en Afrique. Je pense à combien tu me manques.

Catherine

Pas besoin de me remercier. C'est une excellente occasion de distraction. Tu le mérites pour ton dévouement au travail. On peut se connaître mieux aussi.

Zaci.

Je vais commencer. Je suis un homme mûr, dur et honnête. En outre, j'ai du sang royal et de l'âme paysanne Tout ce que je fais est pour l'amour de mon voisin Nous sommes confrontés à une société injuste dans ses règles et ses valeurs. Je me sens obligé de le combattre avec toute ma force. Je veux me souvenir de mon caractère et de ma détermination.

Taú.

Je suis un bon serviteur. En outre, je m'acquitte de mes devoirs. Je suis aussi un grand compagnon et un ami Mes amis me louent pour ma loyauté. Et toi ? Qui êtes-vous, mademoiselle ?

Catherine

Je suis né dans une famille riche. La bonne situation financière m'a permis d'étudier et de posséder ma vie très tôt. Mais peu importe, j'ai appris de la vie. Je sais que la réalité de la plupart des gens est différente de ma situation J'ai une reconnaissance particulière pour les minorités injustifiées En outre, j'aime m'associer à de nobles causes. Je veux que la société évolue et que l'égalité entre les êtres humains soit plus grande. Nous sommes tous égaux devant Dieu Quant à l'aspect personnel, je suis une jeune fille douce, polie, intelligente. J'ai de bonnes habitudes et des valeurs. Je dois avouer que je suis passionné par les hommes, surtout les noirs.

Zaci

Très bien ! J'aime les femmes de toute couleur. Mais je sais que je suis d'un autre niveau. Je respecte mes patrons.

Catherine.

Je n'arrive pas à y croire. Vous êtes un prince,

vous vous souvenez ? Ton niveau est encore plus élevé que le mien.

Zaci

Mais maintenant je suis juste un simple esclave. Je ne veux pas vous avoir dans les ennuis, mais je vous aime.

Taú

Je vous soutiens tous les deux. Tu fais un beau couple. Tu peux compter sur ma protection. Personne ne saura.

Zaci

Alors, tu veux être ma petite amie, Catherine ?

Catherine

Je veux. Je t'aimais depuis le début. De plus, je ne suis pas préjugé parce que je suis une femme éduquée. Nous allons être ensemble. J'ai toujours cherché l'amour de ma vie. Maintenant que je l'ai trouvé, je ne le perdrai pas. Faisons une belle histoire.

Zaci.

Je te promets que je te rendrai heureux. Avec discrétion, nous construisons une relation parfaite. Quand le moment viendra, nous saurons agir. Je sais juste que je veux t'avoir comme femme. Même contre tout le monde, je me battrai pour cet amour.

Catherine

Moi aussi, je me battrai pour cet amour. Nous sommes libres et avons la capacité d'aimer. Je me fiche des règles. Je veux juste vivre et être heureux.

Taú

Félicitations au couple. Que cet amour dure éternellement. L'amour vaut vraiment le coup. Ce sont des moments importants dans nos vies que nous ne devons pas manquer. Mettons la honte de côté et profitez de ce que la vie nous offre. J'ai déjà une petite amie. Mon roi a manqué son amour. Je vous souhaite tout le bonheur dans le monde. Personne ne peut vous séparer parce que je réalise que vous vous aimez vraiment. Comme je l'ai dit, je suis là pour vous. Je serai votre complice en tout temps Tu mérites d'être heureux.

Prince du Cœur de l'Or 4.

Grande maison.

Zaci.

Ton père est hors de la ville C'est une grande chance pour nous de nous échapper.

Catherine.

Où allons-nous, chéri ?

Taú.

Allons au quilombo. Nos frères noirs nous attendent.

Forêt.

Zaci.

Pourquoi as-tu accepté mon offre ? C'est trop risqué pour une jeune fille de fuir chez elle. Je n'ai rien à vous offrir.

Catherine.

Parce que je t'aime et j'aime les aventures intenses. La vie riche ne m'a jamais attiré. J'ai toujours été en mauvaise position. Je vais me régler pour peu Tout ce dont tu as besoin, c'est l'amour et la liberté.

Taú.

Tu es vraiment courageux. Mais comment va réagir ton père ?

Catherine.

J'ai laissé une lettre expliquant tout. Mon père ne me condamnerait jamais. Il m'aime.

Zaci.

Mais il ne m'accepterait pas comme votre mari. Je dois me garder contre les représailles Je ne regrette pas mon acte. En outre, je voulais être libre dans sa pleine expression.

Catherine.

Je te soutiens, mon amour. Je serai là où vous êtes

A la ferme.

Farmer.

Ma fille est partie avec ces deux Noirs. Qu'est-ce que j'ai fait, mon Dieu ? J'ai élevé une fille avec tant de zèle pour faire d'elle une femme de nègre.

Gouvernasse.

Je comprends votre douleur, Baron. Mais c'était son choix. Nous devons respecter ça.

Farmer

Je ne respecterai pas. Je veux que ma fille revienne. En outre, je vous signalerai aux autorités. Je les trouverai même en enfer.

Délégué

Qu'y a-t-il, Baron ? Qu'est-ce que tout ça crie ?

Farmer

Je suis content que tu sois venu. Deux hommes noirs ont emmené ma fille au quilombo. C'est un kidnapping. Nous devons aider ma fille.

Délégué

Tu es sûre qu'elle a été kidnappée ? Les suivre sont imprudents. Ils savent se défendre.

Farmer

Je ne veux pas savoir ! Demandez au gouverneur de vous aider à envoyer les troupes. Montrons à ces nègres dont le patron.

Délégué

D'accord ! Je ferai ce que je peux.

Faire

Fais ce qu'il est impossible ! Je veux des résultats satisfaisants où vous perdrez votre travail.

Délégué.

D'accord, Baron, d'accord ! Je vous promets d'obtenir les résultats.

Dans le quilombo.

Zaci.

Ça va, non ? Comment te sens-tu ?

Catherine.

Heureux et inquiet. Je ne veux pas que tu souffres à cause de moi. Tu aurais dû me laisser derrière moi C'est la seule façon dont vous auriez une meilleure chance de vous échapper.

Zaci.

Je n'avais pas d'issue Vivre comme esclave est

très scandaleux pour moi. Je devais prendre un risque. J'ai du sang royal. En outre, je mérite l'espoir de la liberté et de l'amour.

Catherine

Je crois que j'ai une part de responsabilité à cet égard. Que se passe-t-il après ça ? Ils vont nous chercher. J'imagine qu'ils voudront nous trouver à tout prix Ils pourraient vous arrêter, mais je vais avec eux. Je n'ouvrirai pas cet amour même face à la mort.

Zaci.

Je n'ai jamais pensé trouver une femme blanche si déterminée Tu me rappelles ma femme d'Afrique. Je crois que c'est aussi l'amour. L'amour est quelque chose totalement sans contrôle et inexplicable J'aime ce sentiment. Je crois en son pouvoir de produire des miracles parce que Dieu Lui-même est l'amour. Nous sommes le fruit de cet amour qui dépasse les réincarnations. Je suis un grand croyant au destin. Je crois que nous sommes des esprits liés à d'autres réincarnations Au bon moment, nous nous sommes retrouvés dans une situation défavorable dans cette vie et la douleur nous unissait. La douleur nous donne du courage et de la force. L'espoir et la foi transforment les relations. Les actions montrent qui nous sommes et ce que nous désirons Nous sommes l'union des désirs et des luttes. Les apprentis du Créateur dans un monde d'expiation et d'essais. Nous y voilà, attendant que des choses se produisent.

Catherine

C'est vrai ! Nous sommes prêts à tout. Notre force nous renforce et nous réconforte. Nous attendrons nos bourreaux avec la tête haute. Nous affronterons notre destin avec courage. La mort n'est rien comparé à nos rêves les plus sauvages. Tu dois prendre des risques d'être heureux.

Zaci

Rien ne t'arrivera. Tu peux te reposer doucement. Que nos ennemis viennent poursuivre. Je ne vais pas me battre contre eux. J'aimerais vraiment avoir une raison de parler à ton père. Notre évasion était un prétexte. Je ne pouvais pas le garder secret toute ma vie. Nous devons perdre notre peur et affronter nos adversaires Je vois des rumeurs que l'esclavage se termine. Il ne reste que de signer la loi, qui pourrait arriver dans les prochains jours. Par la voie juridique, nous voulons notre droit en tant que citoyens.

Taú.

Calme-toi. Nous avons un Dieu grand de notre côté. Tout dans notre vie est écrit. Je suis sûr que vous avez écrit une belle histoire pour vous-mêmes. Ton amour est vrai. Vous avez le droit d'être ensemble. Je vous soutiendrai et vous protégerai tous les deux. Je suis un guerrier formé. Nous sommes plus forts que le gouvernement.

PRINCE DU CHART DE MARCHE 5
ZACI

Enfin, vous êtes arrivés. Ma femme et moi attendions. Nous devons parler d'urgence.

Baron

Vous m'avez fait un grand desservie. Tu as kidnappé ma fille sans explication. Cela ne peut pas continuer comme ça. Vous devrez payer vos erreurs.

Catherine.

Ce n'est pas vrai, papa. Je suis venu de mon propre gré. Tu dois comprendre que nous nous aimons, et nous devons être ensemble.

Taú.

Je suis témoin. Votre fille n'a pas été forcée à faire quoi que ce soit Nous voulions juste avoir droit à notre espace Nous avons également besoin de la liberté que chaque être humain mérite.

Baron.

Je veux juste que ma fille revienne et que ce délinquant enfermé. Faites votre devoir, général .

Général.

Tout de suite, Baron, immédiatement. J'adore faire justice. Ne vous battez pas, négro. Il vaut mieux accepter la situation pacifiquement.

Zaci.

Je viens avec vous. Libérez les autres. Ne blessez personne.

Catherine.

Je viendrai avec toi et me battre pour la justice Ça va aller, bébé.

Dans la grande maison.

Baron.

Maintenant, c'est notre tour de parler. Quelle folie est-ce, ma fille ? Avec cette attitude, nous nous sommes moqués de toute la région. N'avez-vous pas pensé à la honte que vous provoqueriez ? Ma famille est démoralisée.

Catherine.

Je n'ai pas démoralisé ma famille. Je voulais juste prendre ma relation. En outre, je ne pense pas qu'une société hypocrite ait le pouvoir de dicter mon sort. Je veux que la chance de passer un bon moment et d'être heureux. Je soutiens la liberté pour tous les êtres humains parce que c'est ainsi que Dieu nous a créé. Ce ne sera pas vous ou quiconque qui m'empêche d'être heureux. Même la mort ne peut arrêter l'amour véritable C'est toi qui m'as laissé tomber, papa J'attendais votre soutien et votre compréhension à un moment difficile comme celui-ci. J'espérais que vous comprendriez mes raisons d'agir comme ça. En outre, j'espérais que vous abandonneriez les conventions sociales et m'accepteriez. C'est une grande déception pour moi, beaucoup plus grande que la vôtre. Ne comprenez-vous pas que vous perdez le seul amour de votre vie pour des attitudes minuscules ? Qui va s'occuper de toi quand tu es plus âgé ? Qui a été avec vous toute votre vie sans explication ? J'attendais plus de toi. Je suis ta seule fille. Si je fuyais, c'est parce que je n'avais pas le choix. Je ne suis pas heureux dans ma vie personnelle. Je n'ai pas demandé à naître riche ou à être explorateur. En outre, je veux être une femme. Mon projet de vie est de se marier et d'avoir des enfants. Je l'ai trouvé au Prince du Cœur de l'or, mon vrai amour. Respectez mon choix et libérez mon amour.

Baron

On dirait que vous n'avez rien appris. Vous ne connaissez pas la vraie dimension de ce problème. Nous sommes arrêtés pour raison, enfant. C'est une honte de marier un homme noir parce qu'il n'est pas à votre niveau social. En plus, il est esclave. Ne comprenez-vous pas qu'il y a un abîme insurmontable entre vous ?

Catherine

Il n'est pas mon niveau social. Il est à un niveau supérieur. En outre, il était un prince dans son pays. Il a une noble lignée. Mais peu importe, on s'aime. Rien ne peut changer ça.

Taú

Bonjour à vous tous. Je viens avec de bonnes nouvelles La princesse Elizabeth vient de signer la loi. A partir de maintenant, tous les esclaves sont libres. Il n'y a aucune raison de garder Zaci enfermé. Nous exigerons votre liberté.

Baron.

D'accord, tu gagnes. Tu peux le poursuivre Mais vous n'avez pas ma bénédiction. Je ne veux plus en savoir plus sur vous. Le rêve s'est terminé ici. Je me fiche de l'âge que j'ai. Je suis toujours riche, et je peux trouver une bonne femme. Vous pouvez partir immédiatement.

Taú

Vous ne connaissez pas l'erreur que vous faites. Votre fille est une personne merveilleuse, et elle ne mérite pas ça Vieux méchant et ignorant. Vous allez souffrir beaucoup.

Catherine.

Nous respecterons votre décision. Je ne vais pas mourir à cause de ton mépris, papa. Je vais laisser ma vie heureuse avec mon mari. De plus, je vais vivre ma vie avec foi en Dieu Je peux tout perdre dans ma vie, sauf ma confiance en Dieu. Je peux seulement vous souhaiter bonne chance.

Police.

Taú.

Nous sommes venus pour vous, partenaire de souffle. La servitude est terminée. Maintenant nous sommes tous égaux et libres.

Zaci.

Quel merveilleux cadeau de la vie ! On peut enfin être heureux ? C'est presque incroyable.

Catherine.

Croyez-moi, mon amour. C'est la vérité honnête. D'ici, on va au quilombo. Nous commencerons une nouvelle vie sans persécution La vie nous a donné une chance d'être heureux. Nous devons en tirer parti.

Zaci.

C'est vrai. En ce moment, j'imagine la souffrance de tous mes frères assassinés. C'est notre réalisation. Je ne pensais pas non plus être heureux d'être amoureux. Mais une grande surprise arrive. Je suis complètement heureux. Dieu merci.

Taú

Merci notre Dieu. Commençons à préparer des plans pour l'avenir. Le défi commence maintenant.

Prince du Cœur de l'Or 6

Il est couché au lit

Baron

S'il vous plaît, j'ai besoin d'aide. Je souffre beaucoup de douleurs et de solitude. Je ne me sens pas bien. Reste avec moi. Je vous donnerai beaucoup d'argent. Je suis un homme riche et je peux faire de vos rêves se réaliser. Ne soyez pas timide. Tu peux t'approcher. J'ai besoin de chaleur. Je dois me sentir important En outre, je veux avoir une raison de vivre et de rêver. Après toutes ces années, je crois que je le mérite. J'ai toujours été juste envers mes employés. J'ai toujours été honnête dans mes affaires Alors je mérite une pause Je mérite un refuge humain.

Maïde

Ne me faites pas rire. Vous avez toujours été un salaud tordu. Tu as esclave les noirs et tu as chassé sa fille d'ici. De plus, vous méritez de souffrir tant à payer pour vos péchés. Vous n'aurez pas mon aide. Tu souffriras lentement. Même pas le salaire que tu paies. Je ne suis pas votre fille ! Si tu voulais la paix, tu aurais accepté ta fille. Vous êtes un vieil homme ignorant et préjugé. Tu crois que tout tourne autour de toi. De plus, vous n'êtes qu'un petit ver méchant. Prenez ce moment de douleur et pensez à tous les maux que vous avez faits. Repentez vos erreurs et essayez d'être un être humain meilleur. Souffler énergise l'âme. Priez et demandez la protection de vos saints Votre fin est proche. La saga triste du baron de Mimoso.

Baron.

Je suis en désaccord ! Je regrette ce que j'ai fait à ma fille. En outre, j'étais une brute pour elle, et maintenant je suis seule. Je pensais être en bonne santé pour le reste de ma vie. Mais nous sommes mortels. Nous sommes des êtres fragiles qui ne devraient pas être fiers. J'espère que la souffrance libère mon âme. Je veux avoir une chance de réconciliation avec le créateur. Quand on n'apprend pas dans l'amour, on apprend dans la douleur. J'ai découvert ça trop tard.

Maïde.

Je suis content que vous ayez réfléchi. Je vous demanderai votre âme Cette maladie est désespérée. Sa mort est inévitable. Mais si cela a servi à le réconcilier avec Dieu, c'était une bonne occasion. Que Dieu ait pitié de toi.

Quilombo.

Catherine.

Comment analysez-vous notre relation ?

Zaci.

C'était un cadeau dans ce monde. Quand je

n'avais pas d'espoir d'être heureux, tu es venu. Quand j'ai été kidnappé en Afrique, mon monde s'est effondré. Mon cœur a débordé de colère, d'angoisse et d'indignation. Tout ce que je pouvais penser c'était la déception de la vie. Plusieurs fois, j'ai réfléchi et pleuré avec mes malheurs. Je me sentais totalement seul et désespéré. Je ne me sentais rien Mais je t'ai rencontré. Je suis tombé amoureux de toi. J'ai oublié mon passé d'angoisse et je me suis levé à nouveau. En outre, j'ai eu le courage de faire face à mes pires ennemis et je suis devenu un homme respecté, libre et heureux. Je considère que notre relation est très positive. Nous nous respectons et nous aimons beaucoup. Chacun d'entre nous a la liberté de prendre nos propres décisions. Je me sens content. Et toi ? Comment te sens-tu ?

Catherine

Je me sens comme une femme accomplie. J'ai transformé mes concepts et j'ai ravivé mes espoirs. En outre, je me suis ouvert au destin et je me suis retrouvé comme personne. J'ai ouvert ma vue du monde avec de nouvelles possibilités. Aujourd'hui, je suis une femme transformée par Dieu et par la vie. Aujourd'hui, je comprends tous les aspects de l'humanité. Je veux chercher de nouvelles choses et vivre différentes situations. J'ai appris que c'est vivant que vous apprenez. En outre, j'ai compris que tout au monde a son temps et son lieu. Je comprends que nous devons saisir des occasions parce qu'elles sont des opportunités uniques. Nous devons essayer de trouver l'amour sans trop d'attentes. Nous devons pardonner les autres et corriger nos erreurs. En outre, nous devons persister dans nos rêves et faire de nouveaux plans. Nous devons croire en notre capacité même face à de grands obstacles. Nous devons valoir chaque instant.

Taú

Je suis heureux pour vous deux. Je suis un témoin de votre amour. En outre, j'ai suivi ce chemin dès le début et je peux dire que cet amour est vrai. Nous avons besoin d'autres exemples comme celui-ci dans notre monde. Nous devons croire en l'amour même quand il nous échappe. Certaines choses que nous devons mettre en lumière : Foi, courage, détermination, patience, union et amour. Le plus grand d'entre eux est l'amour. Reste dans cette humeur. Vous avez tout pour construire une belle trajectoire au-delà des préjugés. Vous êtes victorieux parce que vous croyez en votre projet. Restez déterminés en tout temps. Je serai toujours avec toi pour ta protection. Je remercie ce pays qui nous a accueillis avec les bras ouverts. En outre, je me considère déjà brésilien et je suis enthousiaste à propos de la nation. Faisons pousser la nation et se développer. Nous avons un grand potentiel Nous devons montrer au monde ce que le Brésil a. Vous êtes un exemple d'un couple qui a travaillé. Laissez cela continuer de génération en génération.

Fin

www.ingramcontent.com/pod-product-compliance
Lightning Source LLC
LaVergne TN
LVHW020445080526
838202LV00055B/5346